Hank el cuida-mascotas

#2

Pickles el cerdito muy hambriento

Por **Claudia Harrington**   Ilustrado por **Anoosha Syed**

Calico Kid

An Imprint of Magic Wagon
abdopublishing.com

For Tess, Gretchen & Emmett, just because —CH

A Tess, Gretchen & Emmet, solo porque si —CH

For Maham —AS

A Mahan —AS

abdopublishing.com

Published by Magic Wagon, a division of ABDO, PO Box 398166, Minneapolis, Minnesota 55439. Copyright © 2018 by Abdo Consulting Group, Inc. International copyrights reserved in all countries. No part of this book may be reproduced in any form without written permission from the publisher. Calico Kid™ is a trademark and logo of Magic Wagon.

Printed in the United States of America, North Mankato, Minnesota.
052018
092018

 THIS BOOK CONTAINS RECYCLED MATERIALS

Written by Claudia Harrington
Translated by Telma Frumholtz
Illustrated by Anoosha Syed
Edited by Heidi M.D. Elston
Art Directed by Candice Keimig

Library of Congress Control Number: 2018933162

Publisher's Cataloging-in-Publication Data

Names: Harrington, Claudia, author. | Syed, Anoosha, illustrator.
Title: Pickles el cerdito muy hambriento / by Claudia Harrington; illustrated by Anoosha Syed.
Other title: Pickles the very hungry pig. Spanish
Description: Minneapolis, Minnesota : Magic Wagon, 2019. | Series: Hank el cuida-mascotas; #2
Summary: Hank pet sits Pickles the very hungry pig. Pickles eats everything in sight! He doesn't like to be yelled at, and he doesn't listen to Hank.
Identifiers: ISBN 9781532133275 (lib.bdg.) | ISBN 9781532133473 (ebook) |
Subjects: LCSH: Pig—Juvenile fiction. | Petsitting—Juvenile fiction. | Pets—Juvenile fiction. | Pets—Feeding and feeds—Juvenile fiction.
Classification: DDC [E]—dc23

Tabla de contenido

Capítulo #1
Sueños de bici

Hank necesitaría muchos clientes mas para conseguir esa bicicleta nueva.

—¿Aún estás cuidando mascotas? —preguntó Joey, el amigo de Hank. Abrió la nevera de Hank y devoró unos trozos de pizza.

—Sipo —dijo Hank—. ¿Cómo entraste a mi casa?

Joey sonrió—. Tu cartel dice todo tipo, ¿verdad? ¿Hasta cerdos?

—Supongo que si —dijo Hank.

—Voy a por Pickles —dijo Joey.

¡Pickles! ¡Qué lindo! Hank recordaba al cerdito de caricatura al que amaba tanto. Era rosado. Era mimoso. Era adorable. ¡Esto sería divertido!

Joey descargó un montón de cosas, después le entrego a Hank una correa. Al final de la correa estaba Pickles.

Pickles no era rosado. Pickles no era mimoso. Pickles no era adorable. Pickles mordisqueó la manzana falsa de su mamá.

—¿A caso toda tu familia se como todo lo que está a la vista? —preguntó Hank.

—No te preocupes —dijo Joey—. Estaremos de vuelta mañana. Mi tío se sentó en una abeja. Lo único que puede hacer es estar acostado con hielo en las pompis. Mamá le tiene que comprar comida y burlarse de él y demás.

Pickles se rascó contra la mesa y chilló. Era ruidoso, tanto que podía estallar un tímpano de oído.

—¿Qué está haciendo? —preguntó Hank.

—A los cerdos no les gustan las cosas nuevas.

—Genial —dijo Hank.

—Su comida esta afuera —dijo Joey.

Hank siguió a Joey. Había un recipiente verde. Había un recipiente azul. Hasta había un recipiente morado.

Joey señaló a la mochila al lado de la pila de rejas bebés—. Sus premios están ahí dentro. Dale uno si te escucha. Estamos trabajando en eso.

¿Qué Pickles no escuchaba? A lo mejor cuidar a un cerdo fue una mala idea.

Hank miró su bicicleta doblada. ¿Qué tan mal le podía ir un solo cerdo por un día de todas maneras?

Capítulo #2
Pickles, ¡no!

—¡Adiós! —llamó Joey—. ¡Y no le grites!

—Y si . . . —preguntó Hank. Pero ya era demasiado tarde.

¡Pickles se había ido también! Hank tendría que dejar de perder a sus clientes. ¡Así nunca conseguiría su bici nueva!

Hank siguió el sonido adentro de la casa. Pisó algo blando. ¿Pickles estaba domesticado?

Hank miro al suelo. No era popó de cerdo. Era peor. Ahí estaban los limones falsos de su mamá, mordisqueados a pedazos.

—Pickles, ¡no! —gritó Hank. Luego se acordó. No le grites a Pickles. Pero ya era demasiado tarde.

Pickles corrió disparado al baño. Cogió el papel de baño y corrió. La casa de Hank parecía Halloween.

Hank no podía gritar otra vez. Rascó la cabeza de Pickles. Se sentía como un cebillo de limpiar. A Pickles le gustaba. Gruñó. Gimió. Atrapó a Hank contra la pared and se rascó la espalda.

—¡Ay! —dijo Hank.

—¿Necesitas ayuda?

—preguntó Janie.

—¿Cómo entraste? —preguntó
Hank.

Janie sonrió—. Parece que llego
justo a tiempo.

Sacó una manzana de su bolsa.

—Si te bajas para darles de comer,
no estallan —dijo.

Pickles mordisqueó suavemente la
manzana.

—¿Dónde esta su pocilga?
—preguntó Janie.

Hank simplemente la miró. ¿A qué se refería con esa palabra?

—La pocilga, Hank. ¿Dónde está?

—¿Pocilga? —preguntó Hank. Señaló la puerta y encogió los hombros.

Janie corrió afuera. Hank la siguió.

Para cuando llegó Hank, Janie ya tenía la pocilga montada.

—Aquí, Pickles —arrulló Janie.

Pickles trotó hacia ella.

—¡Te escuchó! —dijo Hank—.
Pero, ¿encontraste su bozal? ¡Se
comerá toda mi casa!

—¡Dale de comer a tu cerdo, Hank!

Capítulo #3
¿Cerdo solar?

Cuando se fue Janie, Hank sacó
una cucharada de comida del
recipiente azul. Sacó una cucharada
del recipiente verde. Hasta sacó una
cucharada del recipiente morado.

A Pickles le encantó su comida.
Cuando terminó, tenia maíz atascado
en su nariz. Pickles chupó el plato.
Después, dejo salir un grandísimo
eructo.

¡Pickles era genial!

Hank le enganchó la correa—.

Camina, Pickles.

Pickles no caminó.

Hank agarró un premio y dirigió a
Pickles afuera.

—Buen Pickles —dijo Hank.

Pickles olfateó el aire soleado. Su
nariz se crispó. Su cola se crispó. En
seguida, ¡Pickles salió disparado! ¡A
lo mejor era un cerdo solar!

Pickles corrió por el jardín de Janie.

Corrió por el patio delantero de los Webb.

Se dirigió hacia el árbol de melocotones de los Green, pero se quedó atascado en la reja.

—Ven, Pickles —sopló Hank. Tiró de la correa, pero Pickles era fuerte. ¡Atravesó cargando por la reja!

Pickles olfateó los melocotones caídos. Después, su nariz apuntó directo hacia el cielo. ¡Pickles salió corriendo por la calle!

—¡Whoa, Pickles! —llamó Hank—. ¡Premio!

Pickles paró, pero Hank siguió adelante. Voló por encima de Pickles y cayó de cara. *¡Plas!*

Hank se agarró a la correa
fuertemente—. Ay.

—¡Estelar! —gritó Ben, pasando
montado en su bicicleta—. ¡Podrías
unirte al circo!

Pickles puso su nariz en la cara de
Hank.

—Mal aliento, Pickles.

—¿Qué haces? —preguntó
Janie. Le dio una manzana a
comer de su bolso.

Mientras Pickles comía, Hank se
acercó. Sus rodillas estaban raspadas.
Le faltaba un diente. Después se
acordó, ya se le había caído el diente
antes.

Capítulo #4
Buen cerdito

—Ven, Pickles —dijo Hank y se fueron de camino a casa. Intentó no mirar la cuadra que estaba hecha un desastre. Pickles trotó adelante.

—Buen cerdito —dijo Hank. Le dio de comer y lo acostó a dormir.

Cuando llegó Joey al día siguiente, Pickles había mordisqueado un cepillo de pelo, un bolso, un paquete de chicle, tres cojines de plumas, y una caja de donuts.

La mamá de Joey le pagó a
Hank—. Ahí hay un poquito extra,
por si acaso —Le guiñó el ojo.

—Buen cerdito —dijo Joey. Se
volteó hacia Hank—. ¡A lo mejor tu
puedes comprar uno también!

Pero Hank no escuchó. Pickles le estaba baboseando las orejas.

—¿Seguro que no quieres cortar el césped? —preguntó Janie.